Ce livre a été
offert par :

Retrouvez tous les prénoms sur
www.lelivredemonprenom.fr

Éditions First, un département d'Édi8
12, avenue d'Italie
75013 Paris – France
Tél. : 01 44 16 09 00
Fax : 01 44 16 09 01
firstinfo@efirst.com
www.editionsfirst.fr

ISBN : 978-2-4120-2325-9
Dépôt légal : mars 2017
Création graphique : Lisa Magano – Nicolas Galy pour NoOok
Mise en page : Nicolas Galy pour NoOok
Secrétariat d'édition : Charlotte Bourgeois
Imprimé en France par Pollina - L79382

Le livre de
mon prénom

*

Thomas

Jules Lebrun

avec la collaboration de
Stéphanie Rapoport

FIRST
Editions

Ce livre dévoile tous les secrets du prénom **THOMAS !**

L'ÉTY**MOLOGIE**

LE CARACTÈRE

*

Les adjectifs qui lui vont le mieux

LA COULEUR

Le chiffre

LA PIERRE

LE JOUR DE FÊTE

*

L'HISTOIRE DE SAINT THOMAS

*

LES VARIANTES DU PRÉNOM

Le nombre de Thomas en France

ET DANS LE MONDE

LA POPULARITÉ

ET LES TENDANCES D'ATTRIBUTION

L'âge moyen

LES THOMAS CÉLÈBRES

Les informations insolites

« Certains prénoms sont comme
la bande-annonce du destin
de ceux qui le portent. »

La Tête de l'emploi de David Foenkinos

« Un des plus beaux cadeaux que
nous ait fait la vie, c'est quand
notre prénom a l'air d'un mot gentil. »

L'Essentiel de Ginette Reno (paroles de Charles Aznavour)

« Le prénom est la clé de la personne.
C'est le cliquetis délicat de sa serrure
quand on veut ouvrir sa porte. »

Acide sulfurique d'Amélie Nothomb

L'ÉTY**MOLOGIE**
du prénom
THOMAS
trouve ses racines
dans l'araméen,
ancêtre de l'hébreu.

Le terme *ta'oma*
signifie jumeau.

LE CARACTÈRE

LA FAMILLE EST L'ÉLÉMENT CENTRAL DANS LA VIE DE THOMAS. LES EFFORTS QU'IL FOURNIRA DANS SON TRAVAIL SERONT TOUJOURS LIÉS

À LA RECHERCHE DE SÉCURITÉ POUR LES SIENS.

Ainsi, ses décisions ne seront pas prises à la légère mais **mûrement réfléchies**.

THOMAS PRÉSENTE UNE NATURE PLUTÔT **RÉSERVÉE**. IL N'AFFICHERA PAS UN COMPORTEMENT EXTRAVERTI ET CHOISIRA LES PERSONNES COMPOSANT SON **CERCLE PROCHE** AVEC BEAUCOUP D'ATTENTION.

Néanmoins, il n'est pas inaccessible comme on pourrait parfois le croire et sait faire preuve de beaucoup de tendresse.

CELA FAIT
DE LUI UN PÈRE
ATTENTIONNÉ,
**juste et
un mari loyal.**

Thomas envisage
la vie avec droiture
et ne se contente pas
de la médiocrité.
La compétition ne lui fait
pas peur et il dépensera
beaucoup d'énergie pour
atteindre la première
position et y rester.

Thomas n'est pas
un aventurier. Aux voyages
et à l'excitation, il préfère
le confort et la douceur
de son foyer.

LES **ADJECTIFS** QUI LUI VONT LE MIEUX

Sérieux

FIDÈLE

DISCRET

EXIGEANT

Tendre

COMPÉTITIF

CASANIER

SI **THOMAS**
ÉTAIT UNE
pierre précieuse
IL SERAIT UN
SAPHIR

LA COULEUR
ATTACHÉE À THOMAS
EST **LE BLEU**

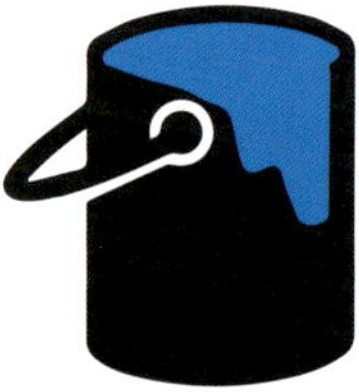

Couleur froide et primaire,
le bleu fait référence au ciel,
à l'océan, à la paix et à la sagesse.
C'est également la couleur du rêve
et de l'évasion.

EN BLEU, BIEN-ÊTRE ET SÉRÉNITÉ
SONT AU RENDEZ-VOUS !

BLUE
BLU
BLAU
AZUL
BLÉ
CINIJ
כחול (KAHOL)
أزرق (AZRAQ)

4

La signification numérologique
du prénom Thomas correspond

AU **CHIFFRE** 4.

Le 4 est le symbole
de *la planification*
et de *l'organisation*.
Les Thomas **construisent**
leur vie avec méthode.

Le 4 représente également
la ténacité
et *l'honnêteté*.

Thomas est droit et va
au bout de ses idées !

LE JOUR

3 JUILLET

Date de célébration de saint Thomas, un des douze apôtres de Jésus. Il occupe une position toute particulière dans l'Église catholique et pour la foi en général car il représente les fidèles qui connaissent le doute tout en persévérant dans leur croyance.

DE FÊTE

LE DICTON DU JOUR

« À Saint-Anatole,
confitures
dans
la casserole ! »

VARIANTES DU PRÉNOM **THOMAS** DANS *d'autres langues*

En anglais :
Thomas, Tom

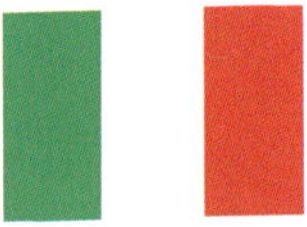

En italien :
Tommaso

En allemand :
Thomas

En espagnol :
Tomás

En grec :

Θωμάς •

Thomás

En russe :

Фома •

Foma

Variantes du prénom Thomas :

Tom

Tomas

Tomislav

Tommy

Tomy

THOMÁS

THOMAS
EN FRANCE

AU DERNIER RECENSEMENT, **269 000 THOMAS** SONT COMPTABILISÉS EN FRANCE

Thomas est le 39e prénom le plus attribué depuis 1900.

CE QUI
CORRESPOND
À **0,4 %**
DE LA
POPULATION

THOMAS
DANS LES DÉPARTEMENTS

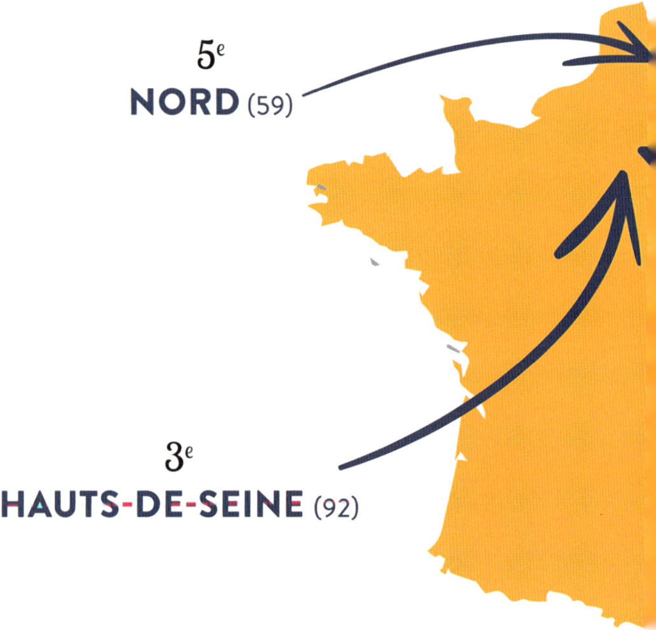

Les départements dans lesquels le prénom Thomas a été le plus donné (en 2015) :

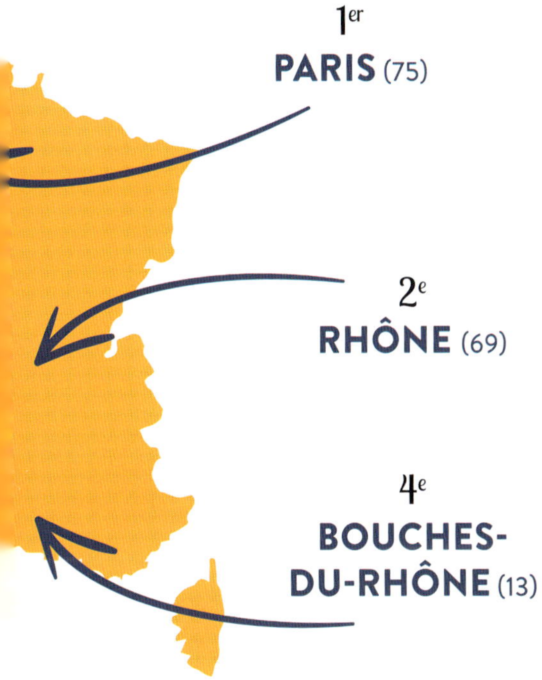

THOMAS
DANS LE MONDE

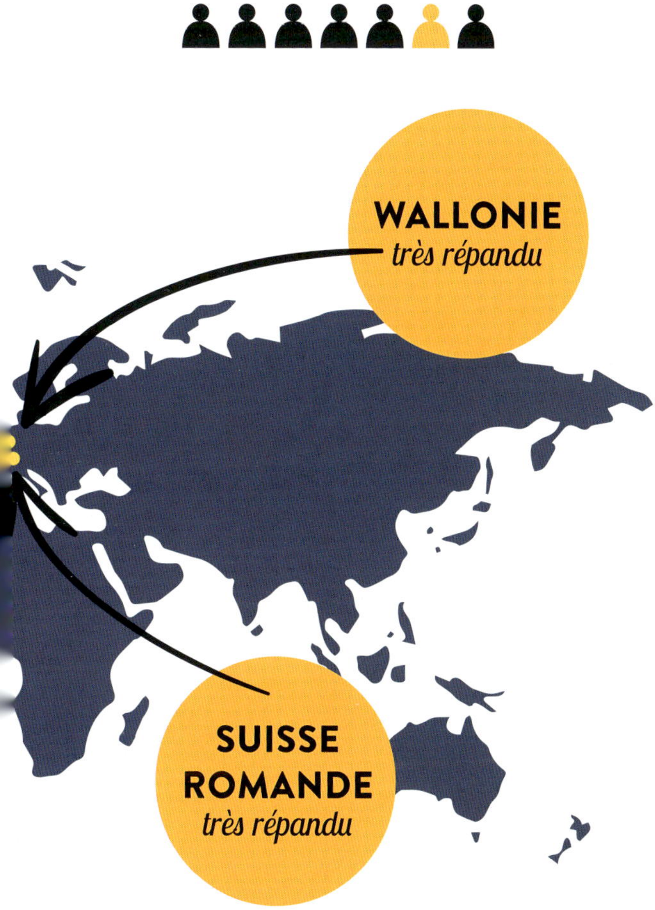
WALLONIE
très répandu
SUISSE
ROMANDE
très répandu

CE PRÉNOM
FAIT PARTIE DES
40 PRÉNOMS
LES PLUS DONNÉS
avec une tendance
à la baisse de son
attribution.

L'année **2000** correspond à l'année où le prénom **Thomas** a été le plus donné.

10 354 PETITS GARÇONS L'ONT REÇU CETTE ANNÉE-LÀ !

L'âge moyen
constaté pour
les personnes
qui portent
le prénom Thomas
est **24 ans.**

LES **THOMAS** CÉLÈBRES

★ THOMAS D'AQUIN ★

né en 1224 ou en 1225 et mort le 7 mars 1274, est un religieux de l'ordre des Dominicains.

★ THOMAS (TOM) CRUISE MAPOTHER IV ★

né le 3 juillet 1962, est un acteur américain. Il a reçu deux Golden Globes pour *Né un 4 juillet* et *Jerry Maguire*.

★ THOMAS DUTRONC ★

né le 16 juin 1973, est un musicien et interprète français. Il est le fils de Jacques Dutronc et de Françoise Hardy.

★ THOMAS EDISON ★

né le 11 février 1847 et mort le 18 octobre 1931, est un scientifique et industriel américain. Il est le fondateur de la société General Electric.

★ THOMAS FERSEN ★

né le 4 janvier 1963, est un auteur, compositeur et interprète français.

★ THOMAS HARDY ★

né le 2 juin 1840 et mort le 11 janvier 1928, est un poète et un écrivain anglais.

★ THOMAS HUGUES ★

né le 11 mai 1966, est un journaliste, producteur et animateur de télévision. Il a été le présentateur du journal télévisé sur TF1.

★ THOMAS JEFFERSON ★

né le 13 avril 1743 et mort le 4 juillet 1826, est un homme politique américain. Il a été le troisième président des États-Unis d'Amérique.

★ THOMAS LANGMANN ★

né le 24 mai 1971, est un producteur de cinéma, acteur, réalisateur et scénariste français. Il est le fils du célèbre producteur et réalisateur Claude Berri.

★ THOMAS MARS ★

né le 21 novembre 1976, est le chanteur du groupe Phoenix. C'est également le compagnon de Sofia Coppola.

★ THOMAS MULCAIR ★

né le 24 octobre 1954, est un homme politique canadien.

★ THOMAS VOECKLER ★

né le 22 juin 1979, est un champion cycliste français. Il a participé 14 fois au Tour de France.

THOMAS
C'EST AUSSI...

... un nom de famille.

... les moustaches
d'une chanson
interprétée
par Fernandel.

... une ville américaine
située en Virginie occidentale.

... la coupe d'un tournoi international de badminton.

... une agence de voyage.

... UN MOUVEMENT **DE BREAK DANCE.**

... une chanson du groupe

A Perfect Circle.

... l'ami imaginaire
de Swann dans
La Merveilleuse vie de Swann.

... **UN PETIT**
TRAIN ISSU DE
LA LITTÉRATURE
DE JEUNESSE.

... une manière
de désigner
un pot de chambre.

**... LE CHAT
DE
GOUTTIÈRE
DES**
Aristochats.